AF413940

Erótico Romance

Carlos Gómez Ahufinger

Erótico Romance

ISBN: 978-84-09-27607-3
DL: M-4079-2021
Fecha de primera edición: 26 de Febrero de 2021.

¡Sígueme en instagram!

@carlosahufinger

— ¿Qué prefieres, el eterno verano o el infinito invierno?
— Una primavera, pero contigo, desde tu semilla hasta tu
florecimiento.

Y no hubo estación que no habitara cada rincón de sus
cuerpos.

A mis padres y familia por procurarme amor.

A mis antiguos amores, por procurarme amor y romance.

A aquellas mujeres que he deseado (hasta en el silencio).

A Faviol, a Daniela: porque nuestro/vuestro erotismo ha inspirado este libro.

A todo ser que ama SER.

A Irene por embellecer este romance.

A ellos.

A ellas.

A todos: GRACIAS.

Prólogo

Puede que no conozca casi por asomo lo que son las mieles del amor, de la sensualidad o la entrega absoluta. Porque espero lo que doy, lo que me doy. Puede que la torpeza esté en lo volátil de mis palabras. Por ese no conectar que cambiará, cambiará. Conectar con alguien no es tan simple como un enchufe, un conmutador, una conexión...

El arte de seducir, de hallar el amor y, por instinto, lo erótico, es un viaje que requiere ese atractivo que requiere tiempo, fe y práctica. Lo he saboreado pero apenas con la mirada: la vida misma, la vida misma. Apasionarte o no. Simple.

Por miedo o por límites sociales he tenido la necesidad de fantasear, ya que este libro no deja de ser un *collage* de fantasías amatorias, sensuales, eróticas y sucias propias de una mente de tendencia masturbadora, pero que desea amor. En mi mente prevalece lo delicado y lo generoso y, como contrapartida, el afecto. Este año 2020, cuando se ha creado este libro, he necesitado proyectarme en momentos de amor y sexo, de abrazo y afecto cálido, de juegos eróticos, etc. debido a la privación absurda del no tacto y del encerramiento. Pero también de la carencia de fe que te priva de atractivo. He despertado. Ahora sigo anhelando fluidos y cuerpos y trabajo para hallar esa vida, esa alegría. Por si alguno de los versos le sirve de trampolín, le sirve para gemir hasta que ese foco aparezca, ese romance para alcanzar el éxtasis cuando de lo individual pasa a compartirse, amantísimo/a lector/a…. Un solo verso ya me haría feliz que le gustase. Queridas, amados: A gemir junto a alguien, a reír junto a alguien…He aquí este libro de contornos de deseos por cumplir. Que lo disfrutéis.

Mucho amor, sexo, salud y versos.

Carlos Gómez Ahufinger.

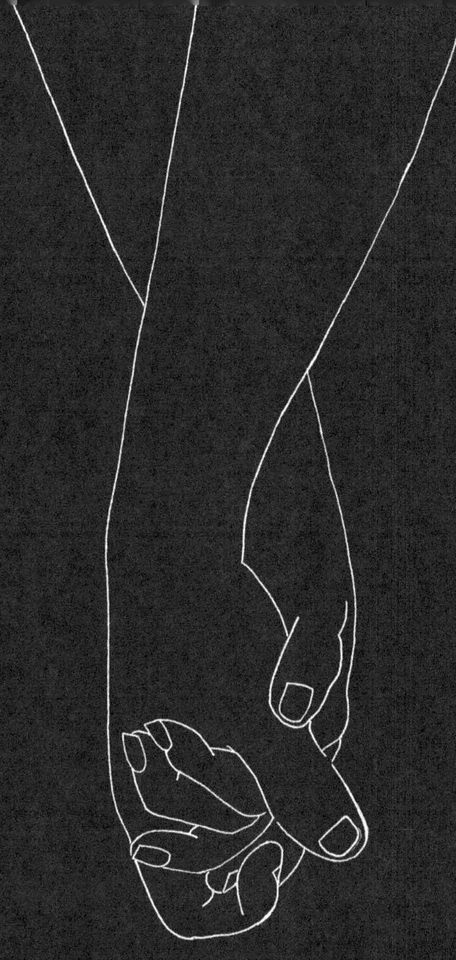

Parte 1

ETERNO ROMANCE

Ecos de caramelo y tostones.

Con Garbancito canto el
pachín-pachín-pachín,
con alegría y soleá.
Con el eco de mi abuela
friendo formas de caramelo,
aceitosas figuras,
quemo miedos y los como
como lo que también freía:
igual que sus tostones de pan.

Aunque no lo creas
lo dulce en un gesto y, en el paladar,
es amor de madre,
— tostadas de pan y aceite—
o es cariño de abuela,
suave como luz de luna;
encerrado como misterio
en un cofre de golosinas;
Justo antes de abrirse.
Visión de electrodoméstico
donde abrazo la espera
del yogur de mi abuela.
Como ese espacio suspendido:
espero el amor anhelado en vilo.

Como Don Quijote.

Quisiera como Don Quijote
irme de aventuras;
y dar cuenta a mi amada
de aventuras bien logradas.
Quisiera caminar dando rienda
suelta a mi Rocinante
e irme sin pensar en regresar,
sin ser valiente caballero,
sin asentarme en alguno lugar.
Quisiera solo amarte,
vida de mi alma errante;
Solo enfocada
cuando comienzo a pensarte.
Y si te pierdo,
y si no gano tu fiel corazón...
Que te den bien por tus orificios
que yo me hago pastor.
Que solo yo solo me río;
Lloriqueo y me hago mío,
que yo conmigo somos dos.
Y conmigo me hago rico
y con esto te digo adiós.

Vendrá

Apoyando cabeza en mano, atento
a las señales, aciertos o errores,
en las cosas buenas o en las peores,
ando vagando, ando disperso.

Creo yo estar muy tranquilo y reposado,
que mi amor vendrá, lo sé, y es muy cierto;
pero, trabajo, imagino y no acierto
a ver lo que no vi, lo inesperado.

Por mucho que deseo y pongo acción,
no atino y me doy bien en la frente,
en el amor, se acabó mi ambición.

Ella es un ladrón, me engaña y me miente.
Y relajo y atiendo a mi corazón:
acaricio y lo bruño en mi presente.

Hacia tus curvas

La curva de tus formas.
La esfera de tu pelvis
que me dice «ven aquí».
Quisiera esculpirla
para crear fuego en mí;
Cada palabra tuya
es susurro,
especia de mi plato favorito,
porque aunque enciendas
el crepúsculo en mi cara,
quisiera inmortalizarte
en este instante
donde te ofreces entera,
dándote impulso,
dibujándote en el aire;
para que, sin estar,
sea mi mirada la que
te eleva de nuevo, libre.

El vals de tu sonrisa

¿Dónde fijas tu mirada?
Se iluminan tus hidrópicos ojos
cuando sueñas con tus ojos cumplidos.
Suena una sinfonía de Chopin
porque con tu sonrisa comienza la primavera.
Es un canon de la semilla que,
con esfuerzo y tesón,
con obstáculos y escollos,
con persistencia,
crece de estos ecos;
se duplican tus trabajos
en una constante,
y sigue y sigue...
Así es tu belleza.
Tu sonrisa explosiva de repente,
tu burbuja de arco iris,
que es tu risa, explota en mil colores;
en esa pulsación de piano,
tan brillante que es tu carcajada,
yo toco tu tecla;
porque hago homenaje al piano
de tus dientes perlados.

Ovejas albinas tras un baño,
reflejos en lanas de este otoño sombrío.

Hoy recogí los jazmines en la mañana.

Y el nardo,
¡Qué bien cupo en la bandeja
de jaspe que es el cactus seco!
Y el cactus seco,
¡Que bien lo sostuvo tu sonrisa
en la tarde,
y tu alegría contagió a otra
y a otra alegría más,
y como cadenita de vida alegre
ha iluminado otros mundos!
¡Estrella, ay, estrella!
Estrella que duplicas universos

He bailado el vals
desde la primavera al otoño,
y todo lo que necesitaba
y siempre, lo que buscaba,
era acariciar tu rostro sin tocarlo,
era aspirar humedades de hojas secas,
y tus leves frescores de equinoccios
y, sin vacilar ni un momento, veo
que serás, sin duda,
 mi más cielo verano.

Tu abrazo

En este otoño...
y con sus amarillos y ocres
y con sus esperanzas de septiembres,
mis anhelos y tardanzas
son miradas que al cruzarse son soles;
la caída de la hoja
cubre un manto donde pisar firme.
Y con mi amor no te resbalas
sobre asfalto y granito,
sobre sequedad y río,
sobre lluvia y frío;
en la noche estrellada,
o sobre el cieno estío de ciudad,
proyecto mi corazón en sombras
hacia ese abrazo cálido de invierno;
invierno que, brevemente, late,
llega sin avisar;
pues otoño es puente
donde cimentar esos labios,
ese abrazo que se soñó en la distancia,
ese abrazo,
ese lazo que sentiré,
apretado al fin, y estallando
en mil tonos, contacto
con tacto, que así comienza
solo al vernos;
que luego ese lazo

aprieta mejor que un regalo vacuo.
El regalo es un encuentro
como mi yo, con mis ancestros;
donde, amiga, nuestras sombras son fuego
al vernos;
amiga, compañera, ser amado,
al fin te siento.
Como sangre
Como raíz,
hermana, aliento encontrado
al fin: tú, aquí.
Al fin a mi lado.

Ocho eterno

No dejo de pensar en que,
ese beso de donde salieron dos haces de luz,
es la manera de hormona en combate,
de suavizarse y recordarnos
que una vez fuimos bebés gigantes;
donde los padres eran abrigo y sostén,
caricia y oído,
amor profundo
que al fin cobró sentido.
Aunque sabemos que es diferente
el amor de madre;
sabemos que un abrazo,
un beso es la madre de todos,
y debemos mamar de una caricia,
chupar de algún beso,
abrazarnos a un abrazo,
redundando en el cariño
para elevarlo al cuadrado,
por si algún día escasea
y sea bola de un pasado
que creamos incierto,
irrecuperable.
Enfermo.
Por eso, vivir atento
del cariño fraternal;
que nos recuerda los anhelos del ahora,
siempre infinito,

nunca parados, bello movimiento
fluyendo en un ocho eterno.
Tocar tu corazón
con aliento de mejilla o labio,
con el calor de un beso.

Brasa nueva

No existe fuego
donde ya solo hay brasa.
Es un pasado
de una vieja llama.
Pero calienta
como alma en pena.
Pero hay hueco para
una brasa nueva,
donde amar-me
donde dar mi alma entera.

— ¿Sabes qué te digo?
— ¿Qué?
— Que es hermoso dilatar
mi tiempo contigo.

Canela

El músico toca
y no deja de mirar al perro
Porque su arte es nada
ante el amor canino.

La caricia de Venus
es un horizonte divino.
Su piel canela es
caramelo.
Dulces de caricias y amor pleno.

Vuelo tras la tormenta

De amor a amar
es un partido de tenis
sin puntuación.

La Madre amada,
con ella
o sin ella,
sin su música
se juega
sin competición alguna.

Pero sin el acto en curso,
sin el acto en formación,
sin descripciones de Venus,
sin Botticellis ,
mucho mejor
¡lejos de amores
idealizados cuerpos,
lejos de fiebres,
lejos de estertores!
Y es que de amor entiendo poco,
y es que quizás entiendo de instantes,
me aprendo y me encumbro solo.
He construido mi pedestal,
me doy alas y me vuelo
y, como buitre leonado,
más allá, más allá vuelas

conmigo, cual remero;
te contemplo y, sin alas,
vuelo contigo; aquí,
en la ribera del río.
Y es que, quizás,
quizás sea eso
los momentos suspendidos:
el perfume de romero,
el grito de azul cielo,
las alas al vuelo…
Paz entre nosotros;
tras la tormenta hay un « te quiero ».

Pausa

Si llego a saber
que ese beso era el último,
hubiera congelado el minutero
como en una fotografía,
como en una efigie griega.
Si llego a saber que
ese instante era eterno sin repetirse,
volvería darle a pausa
al espacio-tiempo
y lo hubiera repetido
hasta el infinito.

Silencio

En soledad;
¡Qué hermosos los poros de mi piel!
En MI soledad
¡Qué hermosos mis músculos!
En el SILENCIO de mi voz
¡Qué timbre tan callado!
Y en mi soledad,
en mi HERMOSO momento
¡Cuánto te echo de menos!
Y aunque deseo,
y aunque más amo
mi soledad amada,
confieso que te amo.
Y ruiditos son silencio,
pues silencio existe,
pues silencio ES.

Amada, no esclava

Si del amor eres
esclava, la esclava
con su nombre no lleves puesta:
que pesa mucho tenerla.

Presente

Si el amor es para SIEMPRE,
NUNCA será para huir del presente.

Entre cristal y agua

Entre mi orgullo y yo,
mi Ego.
Entre mi orgullo y yo
existe un puente de cristal.
Y en mis suelas hay tachuelas
de afilado metal.
Partiendo de este lugar
¿Quién se atrevería a cruzar?
¿Quién puede conquistar su propio
corazón cuando el orgullo,
la envidia,
la razón,
la injusticia de mi alma
no puede dejar de llorar?
¿Qué ocurre si alimento
mi Ego con amor?
¿Se puede mezclar acaso
el agua y el aceite?
El Ego se superpone
y el agua, sin embargo,
sin embargo el agua se cuela
por todas las grietas
para poder evaporarse;
y poder congelarse a su antojo:
Es su innata valentía,
su poder de adaptación.
Y es ese puente de cristal.

Es frágil pero, a la vez,
pero a la vez ES.
Es ese doloroso vivir.
Es un abismo.
Es un infierno
de hielo que no se derrite,
que no se puede fundir.
Y es que si soy agua
todo el mundo me bebe
pero yo, pero yo...
yo dejo de existir.

Pasos sobre la arena

Amor en mis uñas
que ya se han ido,
y que vuelven a crecer y muerdo.
Amor a mi piel
que ya no brilla como antes.
Amor en mis pasos sobre la arena
que va dejando huella.
Amor sobre los restos
que ya no están en mi cuerpo.
Pero por mi cuerpo,
son huellas del presente.
Teniendo así,
teniendo y siendo consciente:
de mi cuerpo,
mi respiración,
mi regalo,
 mi yo.

Rumores

Vi tu aullido de lobo
en tu piel esquiva.
Sentí el calor de hoguera
en tu fría mirada.
Tocaste con tu voz
mi derrumbada alma.
Se oyen noches aburridas
cuando se anhelan abrazos
que nunca llegan.
Rumores de besos.
Erizados gustos de dulces
recuerdos
que nunca regresarán.
Caerme y lamerme y no levantarme;
Pues ya no veo,
pues no huele a esperanzas
en este estriado cuerpo.

Música de estrellas

En mi florecimientos, en mis galaxias,
soy grande, soy valiente,
y me apasiona comer cual lactancia.
Néctar de tu afecto.
Enredar mis ramas, lento, en tu cuerpo.
Mis dientes son estrellas
contentas, alegres de verte,
son únicos, pues son ellas,
son luz, pues son bellas.
El secreto de su brillo
es tenerme siempre en vilo,
con su música en vinilo.

De día observo el grillo,
de noche, ,me maravillo
del acento de recordarte,
congelados en un baile,
filo y contra de un sable,
paz y peligro
es enredarte,
es amarte,
lo hago sin tocarte;
es un destino.

Anillos de savia

El amor marca esa hoja seca,
ese tiempo que quizás no volverá.
El peso del tiempo deja huella.
Huellas que pasan, que volverán a brillar.

Por una nueva mirada.
Por otro otoño que me alejará
de mi trono.
Aunque yo vea
que mudo de nuevo,
que cambio sin remedio
como el tronco más grueso,
como mi alma que ensancha
quizás, quizás
en un esbelto árbol
de savia renovada.
Que, a veces, sin opción
elegirá rama con rama y florecerá
y llegará,
que llegará pronto
en un presente regalado,
que llegará pronto,
en un nuevo mañana.

Fresa

Tu sonrisa:
circulito de fresa
Tus dientes:
caminito de nubes
de gominola.
Tu pelo:
 crepúsculo
de manchas pintadas
con el fuego de tu belleza.
Eres mordisquito dulce
de pies a la cabeza.

Eterno Romance

Este es el eterno romance que nunca existió,

que necesito escribirte,
para decirte
que siempre te querré.

Este es el eterno romance
de esos que se cantaban antes,
de eso que nunca te dije y quise decirte,
como la Beatriz de Dante;
de los de las serranas que te asaltan
y te quedas como objeto, como si nada.

Pero también:
de los logros y los achaques,
de las pasiones y alegrías,
de los abrazos y salientes,
de los acantilados de mi pasión.
Esto es el siempre quererte
aunque todo ya acabó.
Los «me quieres» los «me mientes»
aunque siempre salga el sol;
todo atragantado en el eterno porqué,
porque siempre hay motivos
para dar amor, decir «adiós» y «olé»,
que no existe rueda en las miradas
si alguien deja de querer.

En gustos no hay nada escrito,
y pasa lo mismo en el ayer:
que es el hoy y un futuro
que no llega pues está por ver.
Todo fluye sin verlo,
es como la corriente
aunque no lo creas, muta tu piel, sí;
lo notas en tu vientre
aunque soples canas
y llegue el aburrirme,
siempre vuelven los arco iris,
el mirarte y pensar «vente»:
«vente a mi cama a darme calor
y conocernos , a la vez, porque al no verte
quiero verte, y conocerte sin olor,
palparte sin tenerte y verte».
Quién lo diría, ha sido un honor
el quererte, pues siempre
 no importaba si eras tú o yo.
Al menos se aproximó la idea
de un querer por momentos, y es
que enciendo de nuevo el amor,
o al menos el que vengas sin tenerte,
el que te quedes aunque nos digamos adiós.

Te quiero tanto que ya me dan igual las sílabas
para decirte que tanto amor;
sí, dios, tanto amor, no me cupo en el pecho
para darte mi ardiente pasión;

sé que esto son palabras quizás vacías para ti,
pero ahora las siento nuestras porque sí;
Y ahora que caigo,
y que esto de romance tiene poco,
al menos siento tu arrebol,
tus gritos mudos hacia el sol.
Trato de mirarte más allá del cuerpo.
Consigo mirarte como limpio azul cielo,
como agua cristalina,
como brillante y dulce pomelo.

Tu brillo esconde tus piedras,
tu suavidad la pulpa jugosa
y tu semilla,
esa que es tu esqueleto,
esa que es tu centro
y tu verdadero sello,
tus rugosidades del alma,
tus anhelos reprimidos por el riesgo.

Por el escollo continúan
las dificultades del Ego;
cuando todo es más sencillo:
estar sin juzgar y
respirando nuestros sueños.
La alegría de existir
y de ir escalando estaciones
e ir hasta la cima.
Y, en cada estación,
contemplamos el bosque;

él frondoso, él enorme;
observándose en sus hojas.
Mira el alma a la vista
y, allí, en cada cumbre,
compartimos un instante
muy latente; siento no ser hormiga.
Trabajamos solos y, en silencio,
el respirarnos.
Solo es eso:
conexiones de realidad.

Sin embargo, no hay libretas
para escribir todo el amor que derrocho
en balde.
Es todo ese amor que
está esperando darse;
está siendo menos dado
por el trabajo en amarse
a sí mismo, es fugaz
narcisista y locuaz.
Pero si no es real, darse
es entregarse y dolerse;
pero si me amo, tenaz
soy, soy Sísifo sin serlo,
trabajo para ganarlo y perderlo.
Para tus besos beberse,
sediento yo doy los míos;
beber líquido y caérse
-nos, darnos fuerza hidratándonos.

Me rabia solo la ira
que enrabiada sale,
muy gustosa, a no escribirse;
y el mal de ojo mira
y no sé si saludarle,
que quiero escribir,
que encima he ido ciego a cegarme,
con ella, pasión amada;
y fin, a mi instinto, fin.
Aventuras, amor, pasión mostrarle.
Mi tercer ojo digo,
—que la hoja cuesta mucho
y el librero ha de cobrarme—.

Lo que me da miedo
es, al fin, no amar y marchitarme,
por mucho cuaderno
lleno, leído, cansado para recitarme...
y con esto, no,
no digo que sea listo, que sea cuerdo;
Pero sí un tema digo:
digo y es claro: no voy a perder más el tiempo.
Y si ha de ser amor, que sea
un eterno romance:
de amarse y dar amor.

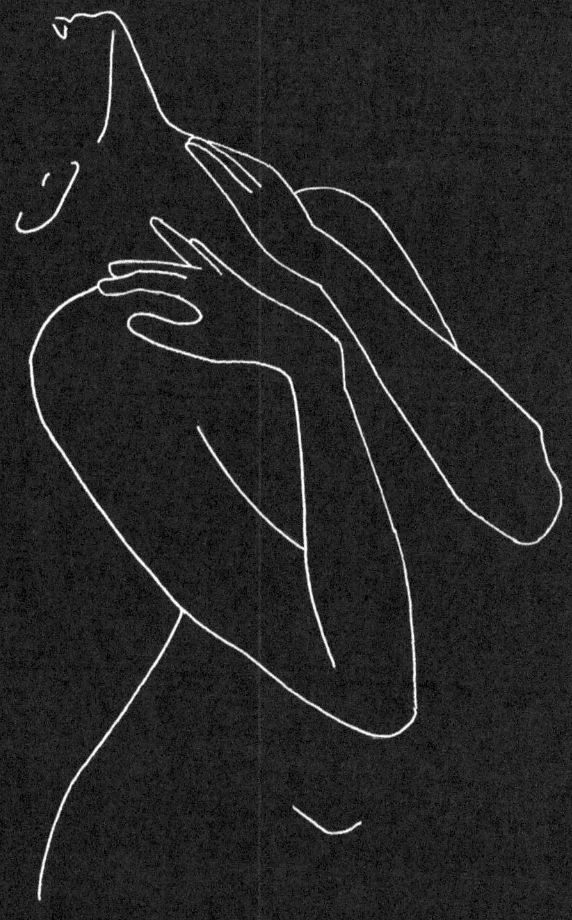

Parte 2

CARNE AMADA

Desconocidos

¿Quién soy yo,
quién eres tú
cuando rozas tu
sexo sobre mí?
Yo, que
te observaba sentado
como quien espera un café
¿Quién soy?
Sí, solo con tu vaivén
somos felices
de ver como mi falo
se ahoga en tu sexo
¿Qué hago con esto?
¿Qué más da quienes seamos?
«Quítamelo»
Nunca una orden fue tan
placentera;
y noto como a pesar
de nuestros sudores
de este estío,
el calor me invita a
tocar y oler tu espalda,
morderte los hombros,
lamer tu columna
donde lo salado es dulce;
mientras agarras y agarro el
carbón de tu cabello

y
aunque no miras mis ojos,
chupas mis dedos,
como tras comer una
tarta de exquisito
arándano.
¿Quién eres, quién?
Porque no lo sé y
ni me importa;
mientras oiga tu jadeo,
mientras esté petrificado
sin ser tú medusa,
mientras seas luz
que en mí penetras.
Da igual el quien.
Da igual el somos,
porque somos orgasmo
sin datos.
Solo me importa
la suavidad de tu piel
y la humedad que
no acierto a ir midiendo,
porque ya araño tu
espalda,
ya agarro tu pelo.
Perdemos el control,
y, con ello,
las identidades nuestras
hasta el momento.

Presentación

En cualquier lugar;
quizás en la arena
del mar,
agarrarías con tus garras de fiera
la arena y entera te estiras;
y yo lamo la cima
de tu coxis.
Lleno de líquidos tus
orificios más íntimos;
y tú, girando la
cascada de tu pelo,
dejas que te penetre
toda, en el calor de tu sexo.
Cima del paraíso
perdido.
Al otro lado...
un hombre besa el pecho
de otro,
y ese me ve:
cara a cara.
Veo cómo goza de los
lametazos salivados
de su compañero.
Él recibe
y yo doy;
y el placer es mutuo.
Bonita presentación
a la orilla del mar.

Huequitos de amor

Esos dos huequitos
se retienen en mi
retina.
Esas dos oquedades
al final de tu espalda,
donde empieza la curva
que llega al valle
de tu sexo.
Caminito irregular
hacia las lagunas.
Esos dos huequitos
sobre los que apoyo la
mano, los palpo
mientras, con la otra,
exprimo la carne de
tu cuerpo,
y vemos las estrellas
cerrando los ojos.

Y gimiendo.

Del paso al trote

Imaginar, solo imaginar
que acaricio tu espalda,
que masajeo toda tu columna,
mientras beso tu cuello
y deslizo mis dedos sobre
tus muslos,
y tecleo tu sexo
mientras agarro tu cabeza,
y beso tus labios
de violeta atardecer;
y se vuelven rosicler
de la mañana de todo
el tiempo que los bebo.
Aprieto mi dedo corazón
contra tu sostenido botón,
y suena la melodía
de un gemido seguido
de un silencio.

Imagino que muerdo
tu omóplato, cresta
de tu montaña hacia
la cumbre, tu hombro;
lo beso al llegar
y lo mordisqueo
como mazorca de maíz.
Te veo.

Te giro;
y sigo con tus senos
que succiono con esmero.
Beso tu pecho,
tu cuello,
y tus labios atrapo
con mis caballos blancos
de mi deseo.
Subo y jadeas
y agarro tu pelo…
en este trotar eterno.

De aventura

La curva de tu espalda
es ese monte que quiero
escalar, llegar a la cumbre
de tu cuello y besarte
en la cima de tu gemido
para, después, bajar.
Voy bajando,
beso a beso,
hasta llegar a la
falda, a tus glúteos;
y escribo mi nombre
y escribo el tuyo
con la punta de mi
lengua.
Tus nalgas son tatuadas
con el licor de mi sirope,
que contemplo como
si una cerámica Talaverana
se hubiera roto en dos,
mitades tan análogas
como perfectas,
y en mitad de ello,
una curva.
Lamo ese dibujo
y lo borro con mi
lengua gatuna,
y con mis manos

abro el canal
hacia tu cueva.
Acaricio tus pechos,
bellos montes,
mojados luego, con celeridad,
y, al chuparme tú mis dedos,
deslizo mis yemas por
tu espalda.
Y llego
a tu sexo
con mi derecha mano.
Y masajeo, como
porcelana lisa,
y luego arcilla a esculpir,
tu marino mejillón;
que se abre con el calor
de mi boca,
sigue respirando…
La ostra de alguna semidiosa
podría ser nombrada.
Poco a poco,
de menos a más,
mueves tu pelvis
hasta mojarme la cara.
Remanso de paz
en este viaje
que anduvimos pegados;
de crear
figuras hasta
la explosión;
de beber tus líquidos.

En mi cabeza

Si juegas con fuego
y besas mi piel
como otra piel,
me excita y asusta
tu libertad.
Pero, las pieles se pelean
y elijo que tus labios
sean besados por
un Dios Universal;
que desea lo jugoso
de tu boca;
me besas con *champagne*
con cava,
con vino,
y beso tu cuello
mientras agarro tu culito;
ese fruto que no toco,
porque todo esto
porque todo esto sí,
todo esto lo veo...
en la semilla de mi tiesto,
en mi fantasía con final incierto.

Tonto el último

Lo que me quema;
lo que es fuego y abrasa;
lo que marea y ahoga
y atraganta
es desearte y no palparte;
No el hecho de compartirte:
Verte libre alabando
falos o fáciles vaginas;
No.
No es que dé celos,
sino es esa pelusilla de
probarte el primero.
Lo que me arde
el estómago no es el
compartirte.
Lo que me quema es
no ser el primero en erizarte la piel.

Desmitificando

Vivir viviendo, lograrte cediendo
a ti, a tu mar de complejidad.
Yo, sin besarte, tus labios bebiendo
por ver tu sonrisa como deidad;
No me jodas que quiero yo lamerte.
Tocarte con mis yemas piel de grano
en mi arenas, sé masa en mi mano;
gusto y tacto y orgasmo al recordarte:
Para abrazarte eternamente vivo.
Para tenerte en mis tintas de escritos
y tenerte en tu crüel aliento esquivo;
y elegir si sí o si no te avivo
en las olas de mar, de infinitos.
Y ser tú de todos, todos los mitos.

Admiración mutua

Quién diría ya tocarte
sin hacerlo, sin sentirlo;
tormenta en objeto y asirlo;
tu cuello albino atraparte;
poseerte con desearte
—no me gusta, he decirlo—,
solo si quieres, mentirlo
no quiero, deséame
por ser, gime y mírame.
¿Que me amas? No, ni decirlo
¿No crees que es más infinito
admirarme, sí, que el bello
se erice al tocarme sello
de que tuyo soy, tu súbdito?
Pues soy diablo y soy bendito
¿Acaso no es lícito
aceptar solo un destello
a pesar de tus defectos,
a pesar de tus misterios,
e ir valiente aunque me estrello?
Pues lo que muestras, acepto.
Y sueño con tu olor,
despierto estoy, es como un horror;
monstruo curvo, será recto;
Un imperfecto perfecto.
Un concreto muy abstracto.
La meta, pronto, en el acto:

de ver tus ojos, tu aliento
en mi piel, tu sexo atento,
fogoso al fin, con mi tacto.

Pareja de mi corazón

Tu pelo es cascada
cargada del agua de
tu dulce boca nacarada,
línea de un suave amanecer.
Tu mano caricia que
sujeta tu cara.
Tu pecho es dulce
en su punta, y quiero
besarlo;
y a su gemelo, antes de comerlos.
Tu ombligo es centro
de juegos y de caricias
del valle que es, descanso
hacia la falda de
tu sexo.
Tu tacto, lisa porcelana,
tu seno escondido grita
que dibuje su contorno,
como si dibujase
el perfil de tu mandíbula;
tu cadera es la posada
donde descanso,
la casa desde donde contemplo
la belleza suma;
como un pueblo en los montes
suizos, el pueblito
de felicidad extrema.

Mañana escalaremos tu codo
hacia la cima de tu hombro
¡Qué éxtasis
qué pasión,
qué delirio
en esta ocasión
de ver este paraje
donde la altura me eriza
el bello y la dicha,
donde contemplo un hoy
lleno de emoción!

Dolor gozoso

Aunque no veo…
Sin ser alcohólico.
Sin ser católico;
sin estar amarrado
en mi pecho la idea
de un pecado infinito;
Siento que estás vetada
en ese placer bendito
—que yo quiero.—.
Nacen en mis encías
colmillos.
Nacen en mis manos
garras.
Y sostengo tu cadera;
esponjosa carne agarro
y muerdo tu cuello:
placer eterno.
Placer de invierno
de un dolor gozoso
que es el olor de tu piel,
y paladeo tu aorta;
orgasmo extremo.
Palpo tu gemido
y la mano que toca mi cabello;
hueles mis enredos
mientras sostienes tu pecho,
porque pareciera

que saliera dulce néctar
albino de tu seno;
columna es tu cuello,
botón de caramelo
es tu ombligo;
y aunque ese instante se congela,
ya lo deseo.
Me quedaría aquí,
ojos cerrados,
para siempre me quedaría
en este momento...
aunque no veo.

Tu vestido

Solo en tu vestido
que es solo una máscara
ligera, solo ahí ya te deseo;
Ahí palpo tus contornos
y muerdo tu cuello.
Sintiera como que no quiero
indagar más allá de tus caderas;
Sintiera no poder apretar
tus nalgas porque
el placer pronto se acabara.
Aunque ya sabemos que
al final, te deshago.
Sé que quiero tu verdadero traje;
tu vestido de mujer,
solo observarte en tu desnudez...
sin tocarte, tócate;
sin mirarme, gózate;
juguetea con tu sexo
hasta el amanecer;
sin mí y solo por ti.
Que el resto del día,
yo jugaré con él;
pacto consentido
donde yo soy tu gatito.

Paraíso

¿Dónde está?
¿Dónde está, digo,
ese paraíso perdido,
y por qué te he de esperar
aquí, solo, a gozar contigo?
¿Por qué te he de esperar
a gozarte este domingo
si ya deseo tu boca
y morderla ahora mismo?
¿Por qué si deseo chuparte
untada en miel
este es mi sino?
¿Por qué, por qué
soy el diablo aburrido
de una pintura de Doré?
¿Por qué no gozo al
verte aquí a mi merced?
¿Será porque eres animalillo
libre, sensual, es de bolsillo
el manual, y no lo leo?
Soy cabeza de membrillo.
Y así, entre porqués y porqués
de por qué soy un pardillo,
sigo imaginando meter mi hocico
en tu culito.
¡Sin obstáculos, sin estatus
qué fácil, sería, qué sencillo

y, sin embargo, si no hay muros,
a mis besos les falta saliva,
y a tu piel le falta brillo!

Procesión

Calla, calla,
no susurres todavía de placer.
Que solo estoy lamiendo
tu contorno derretido
como una bola de helado.
Calla, calla,
y aunque gimes, calla.
Lamo tus orificios;
tus labios, lamo tu sexo
y lamo toda tu piel
porque, puestos a lamer,
no hay dos sin tres.
Tiro de tu pelo y rozo
mi cabeza con tu perla;
ahora lame mi falo
mirando mi falo;
observa mis ojos
como si tu mirada y
la mía fueran el inicio
de esta escalada,
de estos orgasmos en progresión.
Lluvia de fluidos
somos.
Gime ahora en
un sinfín
de placeres con eterno retorno.
Gime, gime y no pares.

No quisiera enseñarte
pero es que en tu sexo
vale todo.
Te enseño como masturbar
mi falo, como puliendo
la corteza de una rama gruesa.
Sí, si mido longitudes,
que sea chupando tu cuerpo.
Y es que tu piel, tu sexo
y tus senos son la
Sagrada Trinidad;
y no es pecado decirte
que te rezo por separado,
porque en procesiones, tú no entras.

Al menos, en este momento…

Más allá del sol

Entre sombras
nuestros contornos
se besaron.
Entre siluetas
la piel se deslizó.
Entre curvas
tu mirada
me tocó.
Yo, con mis manos
sentí tu calor;
¡Cómo serán tus orgasmos
más allá del sol!

Faro

Quizás el secreto
del placer más auténtico
es recorrer con mi aliento
los rincones más ocultos
que consigo, al tocarlos,
de tu amplio mundo;
Sacar de las grietas
un susurro de petición,
un pasito hacia el escondido orgasmo.
Quizás
el estremecerte y, su gemido,
le acompañan una expulsión,
una metralla en la noche,
una chispa de luz;
ese vehículo, ese faro en lo oscuro;
luz del túnel, algo que asoma
en el oleaje y nos guía.
Pues quizás ese sea el secreto.
Sin embargo, es fango y tinieblas
el camino, el apretar tus dientes
sobre tus labios
y. mientras, yo,
lamo tus otros labios…
Quizás sea este el viaje.
Llegar a tu Edén, a tu Paraíso,
donde todos llegan,
es un arte que debe vencer

a la pereza.
Por ello, tus deseos y mi esfuerzo.
Nuestro blanco sobre el negro;
este iluminar el bosque
comienza en tu cuerpo,
pero lo enciende nuestro intelecto.

Un instante

En una mirada en la que
no quise apartar
tus ojos de los míos,
sin sentido de vuelta:
Ahí sucedió un instante;
que quizás pudo ser un mordisqueo.
Ese que tiene precio de saliva
entre nuestros labios.
Y no sucedió…
puede que te haya confundido
con un instante mejor.

Extasiado

Cuando creí que era un lucero,
era mi sudor, jadeos que me abrasan.
Levedad y mil volcanes me arrasan.
Chupar, babearte y lamerte yo quiero.

Sí, tengo tu discreción, —y es escasa—.
Si giras tu hombro y me giro asombrado;
Tú, tímida, ganas, me has domado;
soy tus normas, tu tablero y tu casa.

Ya ves, soy tuyo pues me has pasmado;
Sumisa pareces, pero he perdido,
pues realmente caigo, me he postrado

Y acercas tu sexo y me he hundido,
me agarras el cabello apasionado;
y, pierdo, feliz, sí, pero extasiado.

Te haría…

¿Qué te haría?
Recorrer tu cuerpo
dibujando con mi vista
el contorno de tus hombros,
de tus senos;
de tus ojos coloreo
ese ámbar y,
de beberlos así,
ya no veo, ya no veo.
Mejor cierro los ojos,
mejor que verlos…
y dibujo y coloreo,
y dibujo y deseo
¿Qué te haría?
Subrayar con mi lengua
cada poro de tu cuerpo
¿Qué te haría?
Fundirme con tu piel.
Todo eso te haría
y más, y más
y más, más, pues echaría mi aliento
como el sol en la nieve
para que te derritas;
y que tus yerbas se sequen,
y que, tras el escalofrío, se licuen;
y tras él, y tras él
caiga la gota que baña el río,

la cuenca de tu boca
siendo desembocadura tu sexo.
Todo eso te haría.
Todo eso…y más.

También

También te pueden follar
bien cuando te conocen:
búcles masticables son.
También puedes follar bien
cuando te conoces a ti.
Cuando sabes quién eres.
Bucles congelados son:
la absorción de tu sexo;
sentir placer
al olernos,
placer eterno.
También, también, senos,
ano, escroto, vagina y cielo;
También puedes penetrar
lo que quieras,
a saber: cualquier objeto vulgar
que simule placer.
Instinto hacia ti mismo,
instinto puro,
es desear los contornos esféricos,
los cerebros y las voces
que lubrican e irrigan sangre.
Mámalo, que también es follar
el acalorarse extremo.
También, también.

Palomo y bípedo

Como ese rayo de sol
en el mar,
como ese vaso donde quiero beberme,
penetrarme en agua salada.
Como ese Palomo,
como ese pichón que es menos
grande cuando no te ve;
Así es mi amor.
Un pavoneo de mi instinto
animal.
¡Aunque es sangre es luz!
Ese haz de luz…
es tu vagina, esa vaina
donde zambullirme.
No veo las gaviotas.
No veo a las personas.
El único bípedo es tu
bello culo,
curva, cadera más sinuosa
y sensual que una Venus de Milo.
¿Qué hay detrás de esas ropas?
La grieta es rica,
es tu ingle,
perfección imprecisa
hacia el jugo
de tu mar,
esa alga de luz

que, más que sexo,
ilumina mi oscuridad.

Obsidiana

Piel, deseoso estoy de
cubrirla de semen,
detalle translúcido coronada,
y esculpida y acabada
por la obsidiana de tu pelo.
Luz viva de haces mil tus labios son.
Quiero morderte tus sombras;
Carnosa es toda tu boca:
Dulce y apetecible
cuando la tocas
con tu dedo.
Pecho caído, turgente
de tamaño sobrenatural.
Muslo ancho, vulva,
que entre dos rocas es bisagra;
encaja tu tupido vestido de
lunares, que los deseo
y quiero comer, igual que
los chocolatitos de tu cuerpo.

El dicho es que lo quiero.
El hecho que tus líneas reviso.
Y tu pecho es tan cruel, real,
y hermoso como tu trasero,
leña de un mismo brasero.
Tus labios brillo de lata;
reflejo del sol en río de montaña,

labios sangre escarlata
destiñen en tu barbilla
de hojaldre de nata:
morderla quiero, y gozarte.
Lo bufo y deseo.
Y tú conmigo mezclarte
en mi entorno,
octava maravilla que eres.

Sílex

Tú, mujer, gran cordillera, savia
de todas las plantas, eres tabú,
por tu fuerza, tus ciclos, por ser tú.
Fecundas sin sílex, pues no eres mía.

Eres piedra de todas las piedras.
Brava tierra de húmedas semillas.
Tu arma es tu luz, pues solo brillas;
si blanda eres, higos; si picas, hiedras

de caminos y misterios líquidos; y
muy frágiles, orgasmos múltiples.
Madre y tierra eres, vientre y libidos,

que crean calor y fríos en los ríos,
que protegen y emanan mil fluidos;
clichés rotos por ti, voz de almas miles.

Flores, aceite y perlas

Tu pelo es jardín de tonos violetas.
Tu piel tostada de aceite en pan tierno.
Tus labios, color y menta en invierno:
Tres claves, tres flores muy abiertas.

Vuestros pechos son pétalos, laureles.
Vuestros brazos unidos son perlas,
esas piernas abiertas, solo verlas
son mis escalofríos, son mieles.

Esas pieles donde su sutil roce
precede a azotar tu nalga y al goce;
tu sexo no es sexo, son mil claveles,

rosicler vino a tu glúteo y a tus senos,
los tocan plumas de pavo real;
dolor y placer: lícitos y buenos.

Aquíles y Adonis

Y sigo.
Yo sé todo lo que te da placer,
pero ignoro darte orgasmos seguidos.
Toquemos los penes, unidos
muérdeme, no te vayas a correr;
Y que...
Yo sé que anhelas escudos de Aquiles,
pero te gusta aguantar jadeos.
Capullos...
Sí, morderlos es deporte, morderlos,
sentirnos héroes, untarnos de aceites.

Puede que no seas solo, solo falo
estremécete ya, dilata el ano.
Eres mi escultura, eres mi Adonis.

Y sigo...
Te ato con cuerdas pues eres malo.
Juntamos las lenguas, dicen que es sano...
Y lamo tu
semen para mí, tu jugo en mi bilis.

Verano ácido

Obviamente no quiero,
No quiero que se acabe el verano.
El juego para que yo mande
y tú obedezcas
con normas mutuas.
Donde te tumbas, sonríes.
Donde quiero dibujar tus labios,
tus muslos y tus ojos.
Cortar el lienzo o papel
en trozos y comerlos.
Y que me mees en el rostro
mientras devoro los restos
del desayuno;
y luego absorbo tus fluidos
porque me invitan a beberlos.
Nuestro pacto no está firmado,
se sellan con nuestros besos;
Con sabor a mi falo,
con acidez de tu sexo.
Todo, a pesar de que puede ser,
pudo ser...
pudo ser orgasmo extremo,
pudo, el que lea esto,
tener vergüenza de que no gime;
ni solo, ni en pareja, ni en grupos;
solo gime solo, y en queja,
ellos ahí, y aquí nosotros.

Aquí, aquí tú sabes,
sabemos que todo se acaba;
nuestro capullo se rompe
y somos mariposa sin seda
cuando muerdo tu hombro;
mientras humedeces luego mi cuello
en nuestros cuerpos sudados,
en un abrazo eterno.

Orgías y esperanzas

Si ya existes,
si ya tu cuerpo tiene el don del placer,
para que esperar a correrse días después.
La mejor decisión es hacerlo, retenerlo,
recrearse en el deseo de obtenerlo.
Sí, hablo de tu cuerpo,
de poder jugar contigo y acabar consiguiendo
de ti,
de tu libido,
una sonrisa blanca con la lefa de la paja
que me haré pensando en ti.
Obsceno.
Dios, voy a nombrar a Dios,
porque todos somos dioses
al tener la capacidad de darnos
sucios, velludos y con fluidos
de salivas en un coño,
por ejemplo,
de salivas en un ano,
por ejemplificar,
no es que lo tenga;
quizás la sal en la herida sí;
mi capacidad de sublimarte
en mi dolor,
de verte sublime en tu sexualidad,
sea YA la posibilidad
de un encuentro sadomasoquista

que tú desees.
Te lo pregunto:
Quizás no quieras
pero ¿y si sí?
La vergüenza me exime
de todo esta fruta que es tu cuerpo,
de este azúcar que creo posible
¿y si sí?
Y si no,
mi sexo soy yo.
Soy un tesoro recién descubierto;
mi Falo es un ser vivo
con nombre y apellido,
que pide ser atendido
y si es poco o mucho,
y si soy SOLO yo
¿acaso no es eso perfecto?
No me respondan.
No SE respondan.
Es una pregunta retórica.
Y yo, con esta tónica
no me siento hipócrita;
y con esta rima cínica
de poeta paupérrimo,
en loor de mi culo peludo,
en loor de mi santidad anal,
me despido de estos poemas
que ni tan bien, ni tan mal.
Adiós almas sudorosas,
hasta luego orgías inconclusas,

adiós anhelos de sudores juntos,
adiós y hasta la próxima;
iremos descubriendo los desnudos
empezando desde mi cuerpo,
escultura de un ser prieto,
lleno de esperanzas,
moldeando la cera de mi cerebro,
la savia de mi sexo;
Descubriendo constelaciones
en consoladores,
en galaxias,
en mares de sexos.

Índice